Panique dans la nuit

Aux institutrices et aux instituteurs
qui partent à l'aventure avec leur classe.
M. Cantin

Pour Gaspard mon petit lascar.
É. Gasté

Les mots du texte suivis du signe * sont expliqués sur le rabat de couverture

www.editions.flammarion.com

87, quai Panhard et Levassor – 75647 Paris Cedex 13
Dépôt légal : septembre 2007 – ISBN : 978-2-0812-0371-6
Loi n°49-956 du 16 juillet 1949 sur les publications destinées à la jeunesse

Marc Cantin Éric Gasté

Panique dans la nuit

CASTOR POCHE Flammarion

Chapitre 1

Papa pot d'colle

– Euh… Tu veux vraiment m'accompagner jusqu'à la grille ? demande Hugo.
– Bien sûr, répond son père sans lui lâcher la main. Ça me fait très plaisir. À toi aussi, j'espère ?
– Oui… Mais t… tu ne vas pas arriver en retard à ton travail à cause de moi ?
– Non, non, ne t'inquiète pas.

Hugo a tout essayé pour se débarrasser de son père. Sans succès.

Heureusement, de nombreux parents sont également venus à l'école ce matin pour assister au départ de mademoiselle Téolait et de ses élèves en classe verte. Avec cette foule, Hugo a encore une chance de passer inaperçu.

– Bon, au revoir, Papa.

– Tu es sûr que ça va aller ?

– Mais ouiiii ! Tu m'as déjà posé cent fois la question.

– Tu n'as rien oublié ? Tu es sûr ? Ton dentifrice ? Ton pantalon de rechange ? Ton pyjama ? Tes slips ? Attends, je vais vérifier.

– Non ! J'ai tout ! proteste Hugo en serrant son sac contre lui.

– Soyez tranquille, monsieur Belin, intervient mademoiselle Téolait. Notre petite expédition va bien se passer. Et puis, nous ne partons que pour une nuit !

– Je... je sais, mais Hugo risque peut-être de se sentir perdu au milieu de la forêt...

Hugo préfère se boucher les oreilles.

– Je resterai auprès des enfants, assure la maîtresse, et nous rejoignons un animateur diplômé sur place.

– Mais…

– Une journée chargée vous attend sûrement, monsieur Belin. Vous devriez embrasser votre fils et le laisser monter dans le car.

Monsieur Belin hoche la tête à contrecœur.

– V… vous avez raison, admet-il en serrant Hugo dans ses bras.

– Papa… lâche-moi ! supplie ce dernier.

Son père l'embrasse quand même quatre fois et lui frotte deux fois la tête en répétant « Amuse-toi bien, mon p'tit bonhomme », avant de le libérer. Hugo s'empresse alors de monter dans le car et de rejoindre ses deux meilleurs copains qui n'ont rien raté du spectacle.

– T'inquiète pas, dit Malik, moi, c'est ma mère qui m'a accompagné, et j'ai eu le droit à la même chose.

– Les parents, ajoute Basile, ils ont le don de faire le contraire de ce qu'on voudrait qu'ils fassent.

– Heureusement, Carla n'est pas arrivée, constate Hugo en jetant un coup d'œil circulaire dans le car encore à moitié vide.

– Hé ! Ton père te fait coucou, lui signale Basile. Réponds-lui, sinon il va rester planté là jusqu'au départ.

– T'as raison. Avec moi, les gars !

Les trois copains affichent leur plus beau sourire et agitent la main à la fenêtre du car. Rassuré, Monsieur Belin se décide (enfin !) à partir.

Le père d'Hugo a bien du mal à laisser son fils partir en classe verte...

Chapitre 2

Une séparation difficile

Depuis ce matin, la mère de Carla enchaîne les questions :
– À quelle heure allez-vous vous coucher ? Et avec qui vas-tu dormir ? Et qu'est-ce que vous allez manger ?... Oh ! Je t'ai mis une part de cake dans ta veste ! Tu l'as vue ?
– Maman ! Arrête ! implore* Carla.
– Elle a raison, la soutient Caroline. Cesse de t'inquiéter. Carla rentrera demain soir !
– Et alors ? Il peut arriver n'importe quoi en deux jours !

Caroline entraîne gentiment sa mère vers la salle de bains.

– Tu ferais mieux de prendre ta douche, lui chuchote-t-elle. Je vais accompagner Carla à l'école.

– T… tu crois que…

– Je t'assure, c'est mieux.

– Mais…

– Fais-moi confiance.

Caroline referme la porte de la salle de bains et pousse un grand « ouf » de soulagement.

– Un problème de réglé, se réjouit-elle en revenant près de sa petite sœur.

Carla attend dans l'entrée, son sac sur le dos et la mine passablement déconfite ! Elle dort rarement loin de chez elle car ce sont toujours ses copines qui viennent à la maison. Alors, passer une nuit en forêt, ça ne l'enchante pas vraiment… même avec mademoiselle Téolait. Mais sa mère est encore plus angoissée qu'elle ! Elle serait capable de se mettre à pleurer devant tout le monde au moment du départ ! La honte !

– On y va ? demande Caroline.

– D'accord, acquiesce Carla en serrant les dents.

Elle est décidée à faire bonne figure devant les autres élèves de la classe.

Caroline lui prend la main et elles s'éloignent ensemble de la maison. C'est quand même drôlement bien d'avoir une grande sœur. Elle a de l'expérience et elle sait toujours trouver les mots qu'il faut.

– Tu as déjà campé en forêt ? l'interroge Carla.

– Une seule fois.

– Une seule fois ?

– Oui, avec une copine.

– Pourquoi seulement « une fois » ?

– Ben… on a eu un problème.

– Quel problème ?

– Je préfère ne pas t'en parler.

– Mais siii !

– Un tigre s'était échappé d'un zoo deux jours plus tôt…

– Un tigre !

– Oui. Il avait faim et il nous a attaquées ! Mon amie a couru moins vite que moi. Depuis, je ne campe plus en forêt.

– QUOI ? C'EST VRAI ?

– Bien sûr que non, patate ! répond Caroline en éclatant de rire.

– C'est malin, se vexe Carla.

– Détends-toi, tout va bien se passer, lui promet sa sœur. Et lâche-moi la main, on arrive.

Carla se force à sourire quand elle se présente devant la maîtresse.

– À demain ! lui lance Caroline déjà en route vers le collège.

– Ouais, salut ! lui renvoie Carla depuis les marches du bus.

Elle se dépêche de rejoindre ses deux meilleures copines. Hugo est déjà là.

« Heureusement que Maman ne m'a pas accompagnée... », songe Carla.

C'est à ce moment qu'elle reconnaît la voix de sa mère.

– Carla ! Carla ! Tu as oublié ta crème anti-moustiques !

Carla voudrait disparaître sous son siège.

– Pas besoin de crème, ricane Hugo. Les moustiques ne piquent pas les vipères !

Tous les garçons (et même quelques filles) éclatent de rire.

À l'extérieur du bus, mademoiselle Téolait se charge de récupérer le tube de crème et écoute les dernières recommandations de la mère de Carla. Cette dernière vient ensuite frapper au carreau.

– À demain, ma chérie ! crie-t-elle. Fais bien attention à toi !

Carla répond discrètement aux grands signes d'adieu que lui adresse sa mère, en entendant dans son dos les railleries d'Hugo et sa bande ! Par chance, le car démarre enfin !

Devant sa classe, Carla fait la fière mais elle n'est pas rassurée à l'idée de dormir en forêt. Sa mère ne fait rien pour l'aider !

Chapitre 3

Un groupe d'enfer !

Après deux heures de trajet, agrémenté de chansons et de fous rires, le car s'engage sur une petite route bosselée. Le chemin s'enfonce peu à peu dans la forêt.

– Ouah ! s'exclame Hugo. C'est comme dans *La vengeance du loup-garou*.

– C'est quoi ? demande Basile.

– Un film que mon cousin m'a raconté. C'est des enfants qui partent dans une forêt. Ils rencontrent un Indien qui leur dit de ne pas camper là, mais ils s'en fichent. Alors, la nuit…

– « SUR LA ROUTE DE LOUVIEEEERS, SUR LA ROUTE DE LOUVIEEEERS… », chante Carla à tue-tête sur le siège de devant.

– Qu'est-ce qui lui prend ? s'étonne Malik.

– Ha ! Ha ! Elle a peur ! se moque Hugo. Elle ne veut pas écouter mon histoire.

Au même instant, le car s'arrête à l'entrée d'une clairière.

– Tout le monde descend ! annonce mademoiselle Téolait.

Les enfants se lèvent aussitôt.

– Alors, la nuit, continue Hugo dans l'allée, ils entendent un bruit. Comme un craquement. Et ils s'aperçoivent qu'un de leurs copains a disparu…
– « UN KILOMÈTRE À PIED, ÇA USEUUU, ÇA USEUUU… », reprend immédiatement Carla.

Une fois les élèves descendus et les bagages déchargés, le car repart. Un jeune homme, du bois mort plein les bras, rejoint la maîtresse. Les enfants se regroupent autour d'eux.
– On dirait Nicolas Hulot habillé en Indiana Jones, chuchote Hugo.

– Je m'appelle Éric, explique le jeune homme, et je serai votre animateur pendant ces deux journées. Ensemble, nous allons nous amuser tout en respectant la nature.

– Et je compte sur vous pour vous montrer responsables, les enfants, ajoute mademoiselle Téolait. Bien, avez-vous une idée de ce que nous allons faire ?

– On pourrait poser des pièges, propose Hugo.

– Nous allons éviter de chasser, indique Éric.

– Ah non, reprend Hugo, des pièges pour protéger notre camp des loups-garous !

– « ALOUETTE, GENTILLE ALOUETTEUU… », chante encore Carla.

– Silence ! Vous n'allez pas commencer, tous les deux ! se fâche la maîtresse. Éric, pouvez-vous répartir les enfants comme convenu ?

L'animateur sort un papier de sa veste et lit à haute voix :

– Groupe 1 : Priscilla, Ninon, Raïssa, Valentin, Jules et Robin. Groupe 2 : Marine, Noémie…

Carla et Hugo écoutent attentivement.

– Et enfin groupe 4 : Carla, Cloé, Zoé, Hugo, Basile et Malik.

– M… Mademoiselle… bafouille Hugo.

– M… Maîtresse… balbutie Carla.

– Non, non, il n'y a pas d'erreur, confirme mademoiselle Téolait. De plus, les groupes seront notés et feront l'objet d'un classement : celui qui aura le mieux respecté les consignes et l'environnement sera déclaré vainqueur.

– C'est un cauchemar ! s'étrangle Carla.

– C'est pire que le film d'horreur de mon cousin ! se lamente Hugo.

Quel cauchemar ! Carla et Hugo doivent faire équipe tout au long de la classe verte...

Chapitre 4

Les garçons en action !

– Pendant deux jours, rappelle Éric, nous allons vivre au milieu de la nature.

– Et des filles, grommelle Hugo.

– Et des macaques ! bougonne Carla.

– Les consignes sont simples, continue l'animateur : ne jamais s'éloigner du campement sans être accompagné d'un adulte et respecter la faune* et la flore*.

– Pour commencer, vous allez monter vos tentes, indique la maîtresse. Appliquez-vous, ce n'est pas une course de vitesse !

Chaque groupe prend aussitôt un sac qui contient le matériel nécessaire avant de choisir une place dans la clairière.

– Les garçons, avec moi, commande Hugo. On porte la tente !

Carla pousse un soupir.

– Après tout, si ça leur fait plaisir de se fatiguer.

– Tu as raison, approuve Zoé. Choisissons plutôt l'emplacement.

– Il faut un endroit plat, note Cloé. Et pas trop dur.

– Hééé ! Pas si loin ! lance Hugo en tirant la langue.

Malgré l'aide de Basile et Malik, il peine à transporter le sac volumineux. La maîtresse les observe du coin de l'œil en souriant. Mais elle n'intervient pas, bien décidée à les laisser s'organiser par eux-mêmes.

– Ici, c'est parfait, décrète Carla.
– Non, il y a des cailloux, remarque Zoé.
– O… On s'en fiche ! dit Hugo.
– L… les pierres… on va les enlever, précise Malik, tout aussi essoufflé.
– Je ne sais pas si c'est une bonne idée, réfléchit Carla. Il y a peut-être des insectes en dessous et on risque de les déranger.

– Pfff ! Les insectes, c'est pas de la faune, assure Hugo, c'est juste des sales bestioles qui piquent.
– C'est vrai, renchérit Basile en retournant un caillou. Regardez, c'est plein de fourmis !
– Beurk ! grimace Cloé. Pourvu qu'elles ne rentrent pas dans la tente !
– Pas de danger, affirme Basile en lançant la pierre dans un fourré.
– Heureusement qu'on est là pour vous protéger, se vante Hugo.

En deux minutes, les garçons ont nettoyé le terrain. Puis ils commencent à installer la toile.

– Attendez, intervient Carla, d'abord, il ...

– Laisse-nous faire, la coupe Hugo. C'est pas un truc de filles.

– Mais il faut lire la notice*, s'obstine Carla.

– Les notices, c'est pour les mauviettes.

– Inutile d'insister, chuchote Zoé. Ils sont trop bêtes.

– S'ils veulent travailler, c'est leur affaire, la soutient Cloé.

Carla respire un grand coup et décide, pour une fois, de se ranger à l'opinion de ses copines. Et, pendant que les filles discutent, les garçons montent la tente en un temps record.

– Ce n'est pas très tendu de ce côté, remarque Carla.

– Pas grave, affirme Hugo, il suffit d'ajouter des piquets.

– On a déjà tout planté, lui rappelle Malik.

– Alors, c'est bon, tranche Hugo. Regardez, on a fini les premiers ! Ouais !

Les garçons se congratulent pour cette performance, et, une fois les quatre tentes installées, la maîtresse regroupe les enfants.

– À présent, explique-t-elle, nous allons nous promener dans la forêt pour constituer un herbier et apprendre ainsi à reconnaître et à mieux protéger les plantes sauvages.

Sous la conduite d'Éric, la classe quitte donc la clairière et s'enfonce sous les arbres. L'animateur est incollable ! Il connaît le nom de tous les végétaux.

– Et ça ? demande Carla. C'est du trèfle ?

– Non. Ça lui ressemble, mais c'est un oxalis des bois. On l'appelle aussi « l'herbe aux coucous ».

– Et celle-ci, avec les épines ? interroge Hugo.

– Un cirse des champs, répond Éric. Ses fleurs attirent les papillons. Tenez, voici justement un paon-du-jour.

– Ouah ! C'est aussi beau qu'à la télé ! murmure Basile en admirant le papillon.

Sans lire la notice, ni écouter les conseils des filles, Hugo et ses copains montent la tente. Vite fait... Mais est-ce bien fait ?

Chapitre 5

« Il pleut, il mouille... »

La randonnée a duré toute la journée, et chaque groupe a réalisé son herbier. De retour au camp, mademoiselle Téolait sert le dîner. Le soleil disparaît déjà derrière les arbres ; les enfants commencent à bâiller.

– Tout le monde au lit ! annonce la maîtresse en regardant le ciel. Le temps se couvre et il va certainement y avoir une averse. Pensez à ne rien laisser à l'extérieur des tentes.

Un sombre nuage plane en effet au-dessus de la clairière.

– Aux abris ! s'écrie Carla alors que les premières gouttes s'abattent sur le campement.
– Ha ! Ha ! Un peu de pluie n'a jamais fait de mal à personne, se moque Éric en fanfaronnant sous l'averse.

Après s'être assurés qu'il ne reste plus un seul enfant dehors, mademoiselle Téolait et l'animateur rentrent eux aussi chacun dans leur tente.

– Quel frimeur, cet Éric, ronchonne Carla. C'est bien un garçon, tiens !

– Hé ! Retire ça ! se fâche Hugo. Si tu es au sec, c'est quand même grâce à nous !

– On pouvait se débrouiller pour monter notre tente, objecte Carla. Et…

– J'ai senti une goutte ! la coupe Cloé.

– Moi aussi ! signale Zoé.

– Notre chambre est toute mouillée ! s'exclame Carla.

– Pfff ! La nôtre aussi ! soupire Hugo. Cette tente a un défaut. On va se plaindre à Éric !

– C'est toi qui as un défaut dans ta tête ! s'emporte Carla. Vous n'avez pas assez tendu la toile extérieure, alors elle touche le double toit !
– Mon sac est trempé ! panique Zoé.
– C'est rien, minimise Hugo.
– C'est sûr La Grenouille, toi, l'eau ne te gêne pas.

Hugo serre les poings : il déteste ce surnom !
– Regroupons les affaires au milieu de la tente, poursuit Carla… et croisons les doigts pour que l'averse ne dure pas toute la nuit !

Heureusement, une demi-heure plus tard, la pluie s'arrête enfin. La nuit est tombée et le silence règne dans le camp. À la lueur d'une lampe de poche, Carla et ses amies évaluent les dégâts.
– Notre herbier est mouillé ! chuchote Zoé.
– À cause de ces imbéciles de garçons, on aura une mauvaise note ! marmonne Carla.

– Ça va sécher, rétorque Hugo en secouant le cahier qui ressemble maintenant à une éponge.
– On verra ça demain, intervient Cloé. Tout le monde dort, et on ferait mieux de faire pareil. Ce n'est pas le moment d'avoir, en plus, des ennuis avec la maîtresse.
– Tu as raison, approuve Carla.

Les filles remettent leurs affaires en place et étalent leurs duvets dans leur chambre. De leur côté, les garçons se couchent aussi.

Mais alors qu'ils s'apprêtent à dormir, un bruit attire soudain l'attention de Carla.

– V… vous avez entendu ?

– Quoi ? demande Zoé.

– Là ! Ce frottement !

– Hé ! Vous ne pouvez pas vous taire ? râle Hugo.

– Mais il y a un truc de notre côté, explique Carla. Il essaie de rentrer dans la tente !

– Ha ! Ha ! pouffe Hugo. Je rêve ou tu appelles à l'aide ?

– Plutôt être dévorée par un loup ! réplique Zoé.

– Pourquoi tu parles d'un loup ? murmure Carla.

– Moi, j'ai la trouille ! tremble Cloé.

– C'est bon, les filles, annonce Hugo. Je vais voir.

– Quel frimeur ! J'y vais aussi ! décide Carla pour ne pas être en reste.

Les deux ennemis se retrouvent à l'entrée de la tente, lampe de poche en main. Ils ouvrent délicatement la fermeture Éclair et avancent la tête. Dehors, la nuit est paisible. La lune scintille au-dessus de la clairière endormie. On entend seulement ce bruit étrange sur le côté de la toile.

Carla et Hugo se faufilent à l'extérieur sur la pointe des pieds.

– Ouah ! trop mignon ! s'exclame Hugo.

– Un hérisson ! dit Carla.

Ce dernier est en plein festin. Il dévore les escargots qui sont sortis avec la pluie et qui tentent d'escalader la tente.

– Je vais l'attraper ! s'écrie Hugo, jamais à court d'idées. Demain, on le montrera à toute la classe et on aura une super bonne note !

– Attends ! l'arrête Carla. Ce hérisson est un animal sauvage...

– Et alors, il ne va pas nous manger !
– Ce n'est pas ce que je veux dire...
– Il s'enfuit ! la coupe Hugo.

Il part aussitôt sur les traces de l'animal.

– Reviens ! l'appelle Carla. Souviens-toi des consignes.

Mais Hugo ne l'écoute pas.

– Zut de zut ! peste-t-elle. Si cet idiot a un problème, tout le groupe sera sanctionné.

Sa lampe de poche en avant, elle se lance à la poursuite de Hugo !

Oubliant les consignes de mademoiselle Téolait, Carla et Hugo se lancent en pleine nuit sur les traces d'un hérisson.

Chapitre 6

Rencontres nocturnes

Contrairement à ce que pensait Hugo, le hérisson n'est pas un animal lent. Il se révèle même rapide quand il s'agit de s'échapper.

– Arrête-toi ! lui crie Hugo. Je ne veux pas te faire de mal !

Sa lampe de poche à la main, il continue à le poursuivre dans les sous-bois. Le hérisson slalome entre les arbres et les buissons de houx. Hugo doit accélérer l'allure, au risque de trébucher dans les racines et les branches mortes, pour rejoindre le fuyard.

Hugo se penche en avant, tend la main en tâtonnant, et :

– Aïe ! Ça pique !

Il s'arrête aussitôt et secoue sa main pour tenter de chasser la douleur. Mais Carla arrive derrière lui en courant. Elle le percute et tous les deux roulent à terre dans les feuilles.

– Tu ne peux pas faire attention ? râle Hugo.

– Quelle idée de t'arrêter au milieu du passage ! proteste Carla.

– C'est à cause de cette boule d'aiguilles ! explique Hugo en se relevant... Zut ! Où est passé ce hérisson ?

Il inspecte les environs : aucune trace de l'animal.

– Tant mieux, se réjouit Carla. Je ne pense pas que la maîtresse aurait été très heureuse que tu le captures.

– Je l'aurais relâché demain ! C'était juste pour le regarder !

– Il faut croire que le hérisson, lui, n'avait pas tellement envie de te voir !

– Très drôle !

– Maintenant, il faut rentrer, Hugo. Si jamais la maîtresse apprend qu'on s'est éloignés du camp, on est bons pour une super punition.

« *Hou-Hou-Houuuuuuuu !* »

– Qu'est-ce c'est ? sursaute Hugo.

– Ben... un hibou... sans doute.

– On dirait plutôt un loup...

– Bon, rentrons. C'est par ici ?

– Non, par là, affirme Hugo en indiquant la direction opposée.

– Tu es sûr ?

« *Hou-Hou-Houuuuuuuu !* »

– Je ne sais pas, mais en tout cas, je ne reste pas ici !

– Moi non plus ! s'écrie Carla.

Et les deux meilleurs ennemis s'enfuient à travers bois, guidés par le faisceau de leurs lampes.

– À gauche !

– Non, à droite !

– Arrête-toi, Hugo ! On est en train de se perdre.
– On EST perdus, corrige ce dernier.

Le silence revient, inquiétant et mystérieux. Un petit brouillard glacé se faufile entre les arbres. Carla et Hugo frissonnent.
– Tu as peur ?
– Non, j'ai seulement froid, prétend Hugo.

« *Crack… Crack…* »
– Il y a un animal qui avance vers nous ! panique Carla.
– Ça vient de là ! chuchote Hugo en braquant sa lampe vers un fourré. Regarde, les feuilles bougent !
– Va voir ce que c'est… puisque tu n'as pas peur, propose Carla.
– Euh… Bien sûr…

Et Hugo s'approche d'un pas hésitant vers le bosquet.

« *Crack…* »

– M… montre-toi s… si tu l'oses, bafouille Hugo.

Une petite tête et deux yeux brillants émergent alors du feuillage. Hugo braque sa lampe vers l'animal brun et blanc, pas plus gros qu'un chaton, qui quitte bravement sa cachette.

– Ouah ! Comme il est mignon, s'exclame Carla en s'approchant à son tour.

Elle s'agenouille devant l'animal et tend la main pour le caresser.

– Hé ! proteste Hugo. Tu as dit qu'il ne fallait pas toucher les animaux sauvages !
– Je sais… mais celui-ci est tellement craquant.

Hugo se baisse lui aussi pour inspecter le petit mammifère.
– Je crois que c'est un… un… zut ! J'ai le nom sur le bout de la langue…
– Un putois ! hurle Carla.

Elle n'a pas le temps de se redresser. Le putois s'est déjà retourné et asperge les deux intrus d'un jet d'urine nauséabond*.

– Aaaaah ! Ça pue !

– C'est horrible !

Carla et Hugo se relèvent d'un bond. Mais le putois continue d'avancer vers eux, à reculons, afin de les chasser de son territoire.

– C'est une infection ! se lamente Carla. Fuyons d'ici !

Les deux enfants déguerpissent aussi vite que possible, résolus à mettre deux ou trois mille kilomètres entre eux et cette boule puante. Ils courent quelques instants dans les sous-bois, quand ils croisent un chemin.

– Stop ! s'écrie Hugo. C'est le sentier qu'on a emprunté en revenant de promenade !
– Tu as raison ! se réjouit Carla. C'est celui qui mène au camp !

Une fois certains que l'infâme putois ne les suit plus, Carla et Hugo repartent en marchant vers la clairière, dans l'espoir de retrouver au plus vite le campement.

Perdus dans les bois, Carla et Hugo tombent nez à nez avec un putois malodorant.

Chapitre 7

Bazar au campement

– Tu ne sens pas très bon, constate Carla en plissant le nez vers Hugo.
– Ton parfum n'est pas meilleur que le mien, rétorque celui-ci.

Les deux ennemis poursuivent leur chemin, impatients d'apercevoir les tentes. Mais une nouvelle surprise les attend : deux marcassins traversent le chemin devant eux !
– Les pauvres ! s'exclame Hugo. Ils sont perdus.
– Ils ont l'air d'avoir faim, remarque Carla. Oh ! Je crois qu'il me reste du gâteau dans la poche.

Elle sort la part de cake que sa mère avait glissée dans son blouson. Elle s'assoit par terre et commence par en lancer un morceau. Un marcassin se précipite aussitôt pour le dévorer. Son frère repère rapidement l'odeur du gâteau et s'approche des enfants.

– Ha ! Ha ! Ils sont trop marrants ! pouffe Hugo pendant que Carla continue de les nourrir.

Les marcassins grimpent sur les genoux des deux aventuriers pour renifler les vêtements et fouiner les poches avec leur groin. Carla et Hugo peuvent même les caresser et les prendre dans leurs bras. Ils s'amusent comme des fous avec les bébés sangliers, quand un grognement mécontent retentit derrière eux.

« Grrrrroiiii ! Grrrroiiii ! »

– Heu… Je crois qu'ils ne sont pas perdus, signale Hugo en se retournant.

La mère des marcassins se tient au milieu du chemin éclairé par la lune, et elle gratte le sol de ses sabots.

– Sauve qui peut ! hurlent Carla et Hugo.

Jamais ils n'ont couru aussi vite. Les deux aventuriers nocturnes filent droit devant eux. Heureusement, ils rejoignent très vite le camp et, aussitôt, une lampe s'allume dans la tente de la maîtresse.

– Que signifie ce vacarme ? s'inquiète-t-elle en ouvrant la fermeture Éclair.

Carla et Hugo se ruent à l'intérieur, la bousculant au passage. Mademoiselle Téolait en tombe sur les fesses !

– Un san... un san... bégaie Carla.

– Un gli-gli... un gli-gli... ânonne Hugo.

La maîtresse écarquille les yeux.

– Mais... pourquoi tenez-vous ces marcassins dans vos bras ? s'énerve-t-elle. Vous ne savez donc pas qu'il ne faut JAMAIS toucher aux petits des animaux sauvages !

Carla et Hugo réalisent qu'ils n'ont toujours pas lâché les bébés, quand un cri retentit :

– Aaaaah ! Au secours !

Mademoiselle Téolait se précipite dehors, escortée par Carla et Hugo. Dans la tente d'Éric, en ombres chinoises, ils peuvent voir l'animateur qui tente d'échapper à la maman sanglier en colère. Alertés par le bruit, tous les élèves se réveillent. Les cheveux en bataille, ils pointent le nez hors de leur toile… quand Éric quitte la sienne, poursuivi par la laie.

Aussitôt, les enfants se mettent à hurler !

– Elle cherche ses petits ! enrage la maîtresse. Hugo ! Carla ! Relâchez-les immédiatement !

À peine libérés, les marcassins rejoignent leur mère en couinant joyeusement. Celle-ci délaisse tout de suite l'animateur, qui a trouvé refuge dans un sapin, et disparaît dans les sous-bois obscurs avec ses petits. Quant aux enfants, ils abandonnent tous leurs tentes pour venir se réfugier autour de leur maîtresse.

Les poings sur les hanches, mademoiselle Téolait se tourne alors vers Carla et Hugo.

– Que faisiez-vous avec des marcassins dans les bras au milieu de la nuit ? se fâche-t-elle. Vous avez désobéi ! Vous nous avez mis en danger et… et en plus, vous empestez !

Les deux meilleurs ennemis se regardent. Autant dire la vérité. Toute la vérité. Après qu'Éric eut rejoint la terre ferme, ils racontent donc leurs terribles aventures, ajoutant même par-ci, par-là, quelques loups, des chauves-souris vampires et des serpents nocturnes au chapitre de leurs rencontres… si bien qu'à la fin de leur récit, plus aucun enfant n'a envie de dormir, tous craignant une attaque de monstres !

– J'veux rentrer chez moi, pleurniche Priscilla dans un coin.

– Faut aller chercher le car, chuchote Kévin.

– J'avoue que… moi non plus, je ne suis pas rassuré, confie discrètement Éric.

– Enfin ! Du calme ! intervient mademoiselle Téolait. Nous allons allumer un feu au milieu de la clairière et dormir autour.

– Ouais ! Super ! se réjouissent les élèves et l'animateur.

Éric s'empresse de rapporter le bois qu'il avait gardé au sec et quelques bâches qu'il étend sur l'herbe. Dix minutes plus tard, le feu crépite. Les enfants se sont glissés dans leur duvet et, bercés par les flammes qui dansent devant leurs yeux, ils écoutent leur maîtresse raconter de belles légendes de gnomes et d'elfes, des histoires magnifiques qui se terminent toujours bien. Et très vite, tout le monde s'endort.

Seuls Carla et Hugo ont encore les yeux ouverts.

– Mademoiselle Téolait, chuchote Hugo, on n'a aucune chance de remporter le concours ?

– Je crois que votre groupe finira bon dernier, répond la maîtresse. Vous avez fait une grosse bêtise qui aurait pu très mal se terminer !

– Pfff ! C'est la faute d'Hugo ! enrage Carla.

– Vous faites partie du même groupe, lui rappelle mademoiselle Téolait.

– On va se rattraper demain, promet Hugo.
– J'y compte bien ! s'exclame la maîtresse. En attendant, dormons un peu pour terminer cette nuit que personne n'est prêt d'oublier !
– Ça c'est sûr ! pouffe Carla. Surtout Éric !
– Surtout Éric, confirme mademoiselle Téolait en posant un regard attendri sur l'animateur.
– Mmm…. Mademoiselle Téolait… marmonne Éric en s'agitant dans son sommeil. Faites attention à vous… laissez-moi vous aider.

Les flammes éclairent davantage le visage de la maîtresse ou bien ses joues rougissent peut-être ! Heureusement, Carla et Hugo ne remarquent rien. Ils viennent de s'endormir, tête contre tête, auprès du feu.

❶ L'auteur

Prénom : **Marc**
Nom : **Cantin**
Né le : **21 avril 1967 à Lamballe (22)**
Profession : **Écrivain pour enfants**
Signes particuliers :

- **Il est toujours très heureux de croiser des animaux quand il se promène dans la forêt… même des sangliers !**
- **Il adore camper… à condition que la tente ne se transforme pas en piscine.**
- **Il trouve que ça ne sert à rien d'avoir une lampe de poche si on ne peut pas partir à l'aventure en pleine nuit !**

❷ L'illustrateur

Prénom : **Éric**

Nom : **Gasté**

Né le : **2 mai 1969 à Angers (49)**

Profession : **Illustrateur pour enfants**

Signes particuliers :

- **Il aimait bien les voyages en car pour chanter « chauffeur si t'es champion... »**
- **Il adorait les sorties en forêt pour marcher sur les feuilles et sentir l'humus...**
- **Il n'aimait pas le camping surtout quand il pleuvait toute la journée, et que tout était mouillé...**

Table des matières

Achevé d'imprimer en juillet 2007,
chez Clerc (France)